W9-BAS-951

Para Philip, el mejor papá del mundo, y para mi muy especial Amelia. D.H.
Para Charlie. C.T.

Puedes consultar nuestro catálogo en www.picarona.net

MI PAPÁ ES UN MONO ALOCADO
Texto: *Dianne Hofmeyr*
Ilustraciones: *Carol Thompson*

1.ª edición: mayo de 2017

Título original: *My Daddy is a Silly Monkey*

Traducción: *Joana Delgado*
Maquetación: *Isabel Estrada*
Corrección: *M.ª Ángeles Olivera*

Primera edición publicada por Otter-Barry Books, Little Orchard,
Burley Gate, Hereford, HR1 3QS, Reino Unido

Edita: Picarona, sello infantil de Ediciones Obelisco, S. L.
Collita, 23-25. Pol. Ind. Molí de la Bastida
08191 Rubí - Barcelona - España
Tel. 93 309 85 25 - Fax 93 309 85 23
E-mail: picarona@picarona.net

ISBN: 978-84-9145-016-0
Depósito Legal: B-24.330-2016

Printed in China

Mi papá es un mono alocado

Texto: Dianne Hofmeyr
Ilustraciones: Carol Thompson

Mi papá es un **oso enorme**, inmenso.

Se levanta de la cama, gruñe

refunfuña, y también se rasca

y bosteza.

Mi papá es...

un cocodrilo travieso.
sonríe de
oreja a oreja

y le babea la pasta de dientes por toda la barbilla.
Mi papá es...

un **pulpo** que se enrosca y se retuerce sin parar.

Me cepilla el cabello,

manda un mensaje,

vuelca una silla,

derrama la leche,

quema las
tostadas,

me ata los cordones

y hace malabares con
mi bocadillo.

Mi papá es...

un mono alocado.

chilla,
parlotea y
hace monadas.

Y hace que lleguemos **muy** tarde al cole.

Mi papá es...

una **ballena** monumental.

Después del cole, se sumerge, salpica,
lanza chorros y traga agua.

Mi papá es...

un canguro
saltarín.

Brinca, da volteretas,
se cae, se levanta,
salta y vuela hasta
la luna.
Mi papá es...

un TIGRE con un hambre atroz.

Muerde, mastica y tritura la comida hasta que siente la tripa muy llena.

Pero no suficientemente llena,

pues luego es...

¡un **OGRO**

que gruñe y grita!

—¡Acábate la comida!

—¡Arréglate!

—¡Hora del baño!

—¡Lávate los dientes!

O…

—¡Te atraparé!

¡Aaaaaahh!

Y...

¡Te atrapa!

¡Y te zampa!
¡Ñam!
¡Ñam!
¡Ñam!

cuando acaba el día, mi papá está
demasiado cansado para jugar.
Mi papá
no es un oso,
ni un cocodrilo,
ni un pulpo,
ni es
una ballena.

No es
un canguro,

ni un tigre,

ni un monstruo.

Ni siquiera es un mono alocado.

Mi papá es...

mi **papaíto**

querido y ya está.

—Buenas noches,
papá.
—Buenas noches, cariño.